JIMMY
Y EL
LOBO

by:
**Glenn Tewaaraton
(GT) Mares**

**Illustrations by
Hope Mares**

AuthorHouse™
1663 Liberty Drive
Bloomington, IN 47403
www.authorhouse.com
Phone: 1 (833) 262-8899

Información sobre impresión disponible en la última página.

Credito por imagen interior: Hope Mares

ISBN: 978-1-6655-6769-5 (tapa blanda)
ISBN: 978-1-6655-6768-8 (libro electrónico)

Numero de la Libreria del Congreso: 2022914471

Publicada por AuthorHouse 08/09/2022

author HOUSE®

JIMMY Y EL LOBO

Esta es una historia sobre un ñino llamado Jimmy que tenia una trenza larga. El, su padre y su madre vivian en Colorado, en la ciudad de Denver, un lugar my concurrido donde la gente siempre tenia tanta prisa por llegar aquí y allá. Pero cuando llegó el verano, fue un momento especial para Jimmy y sus padres.

El verano para la familia de Jimmy significaba vacaciones y un viaje a las montañas de Colorado para aire fresco, tiempo para relajarse y divertirse. Empacaron todo el equipo de campamento y la comida que necesitaban y se pusieron en camino por un viaje maravilloso.

El campamento estaba cerca de un gran lago que tenía pesca y natación durante todo el día y mucho aire fresco y espacio abierto para correr y jugar. Pero también había un bosque profundo y oscuro que rodeaba el campamento. Este bosque tenia miles de áboles y era el hogar de muchos animales salvajes, tanto grandes como pequeños.

El mejor momento para pescar es temprano en la mañana, asi que juntos la familia hizo planes. Jimmy y su papá se levantaban temprano y saldían al lago a pescar y, con suerte, traerían una buena pesca para la cena. La mamá de Jimmy planeó un día tranquilo y relajante y sentarse con un libro bueno.

Después de que montaron el campamento y comieron una buena cena de perritos calientes y deliciosos malvaviscos asados se fueron a pasar la noche. Sus planes ya estaban establecidos, Jimmy y su papá irían a pescar y su mamá se relajaría en el campamento para leer uno de sus libros favoritos.

Y así fue, el aire de la mañana era fresco con un poco de frio, y el sol se elevaba sobre las cimas de las montañas. Pronto estuvo soleado y brillante. Jimmy pescó su primer pescado, lo suficientemente grande para la cena.

"¡Esa fue una gran captura, Jimmy!" dijo su padre con orgullo.

Sucedió esa noche después de la cena en el campamento... Jimmy captó el sitio de un pequeño conejo blanco de cola tupida correteando por la hierba. Saltó de la mesa para perseguirlo. La mamá de Jimmy le gritó, "¡No te vayas muy lejos, Jimmy!"

"Está bien mama", dijo Jimmy.

Pero no pasó mucho tiempo antes de que Jimmy se adentrara en el bosque y pronto se diera cuenta de que estaba perdido. No sabia qué dirección tomar.

Cuanto más caminaba, más profundo se internaba en el bosque. Mientras tanto, en el campamento, sus padres se habían preocupado mucho.

Por supuesto, las pequeñas criaturas y los pájaros no pudieron ayudarlo a encontrar el camino de regreso. Jimmy se sentó en un tronco para hablar de sus problemas con una ardilla que estaba cerca masticando una bellota. La ardilla y algunas otras pequeñas criaturas miraron a Jimmy con ojos brillantes y curiosos. Cuando de repente, ellos se escaparon sin siquiera un adiós.

Jimmy estaba desconcertado por su repentina partida, cuando escuchó un gruñido largo y profundo que venia de detrás de él.

"Grrrrrr. Grrrrrr."

Lentamente, Jimmy se volvió y vio a un enorme lobo gris de mirada feroz parado a solo unos metros de distancia directamente detrás él. Jimmy no mostró miedo, ni un estremecimiento, y miró directamente a los ojos del enorme animal.

"¿Por qué me gruñes?" preguntó Jimmy.

"Tengo hambre y planeo comerte", dijo el lobo.

"¡No! No me comerá, señor Lobo. Y no le tengo miedo", dijo Jimmy.

"¿Por qué no tienes miedo? Soy un lobo feroz y tengo mucha hambre".

"No me comerás. Creo que un coyote malo seria una comida más satisfactoria y sabrosa para ti en lugar de un niño pequeño como yo".

"De hecho, esa es una idea increíblemente buena... Hmm. Que así sea. Me gustaría que tú, un humano, fueras mi amigo. Nunca he tenido un humano por amigo", dijo el lobo. "Y por cierto, me nombre es Oscar. ¿Cuál es tu nombre?"

Los ojos de Jimmy se iluminaron y respondió: "Mi nombre es Jimmy y estaría muy feliz de ser tu amigo, Oscar".

"Puedes vivir conmigo aquí en el bosque para siempre. Te protegeré de todas las criaturas salvajes que deambulan por todas partes. Nadie te hará daño. Te doy mi palabra", dijo Oscar.

"Oscar", dijo Jimmy, "no puedo vivir aqui contigo para siempre porque mi casa está en la ciudad con mis padres. Pero puedo prometerte volver a visitarte todos los veranos. Espero que lo entiendas".

"Entiendo. Tu hogar está en la ciudad y mi hogar en el bosque. No puedo ir a la ciudad a visitarte, pero tú puedes venir al bosque a visitarme. Siempre que estés aqui, podemos correr y saltar y jugar. El bosque está lleno de aventuras y maravillas. Tendremos grandes momentos juntos".

"Me gustaria mucho ese Oscar. Seremos mejores amigos para siempre. Esa es una promesa. ¡Impresionante!"

Oscar sonrió y miró largamente y con curiosidad a Jimmy, su nuevo amigo humano encontrado y Jimmy miró directamente a Oscar con una gran sonrisa.

"Ahora mismo, Oscar, estoy perdido en este enorme bosque y necesito ayuda para encontrar el camino de regreso al campamento donde mis padres seguramente ya están preocupados. Por favor ayúdame a encontrar el camino de regreso", dijo Jimmy.

"Sí, por supuesto. Salta sobre mi espalda y agárrate fuerte."

Jimmy saltó sobre la espalda de Oscar y con un fuerte agarre agarró el cabello gris de la nuca de Oscar y se fueron. Saltaron sobre rocas y arbustos, corriendo rápido con el viento en la cara. ¡Fue increíble!.

Mientras corrían velozmente por el bosque, Jimmy vio un gran oso del tamaño de un elefante. Jimmy le gritó a Oscar, "Veo un oso enorme. ¿Podemos detenernos un momento para hablar con él?"

Oscar dijo: "Oh, ese es Red Scruffy. Es uno de mis amigos más antiguos. Estaría feliz de conocerte. Vamos a verlo".

"Red Scruffy, ¿cómo estás mi amigo?"

"Hola Oscar", dijo el oso con una voz muy profunda. "Estoy muy bien, gracias. ¿Y quién es este montado en tu espalda?"

"Red Scruffy, me gustaría que conocieras a me amigo humano, Jimmy".

"Estoy feliz de conocerte Red Scruffy", dijo Jimmy. "Me encantaría quedarme y charlar contigo. Sin duda eres un oso de gran apariencia, pero estamos en una missión para encontrar a mis padres. Adiós por ahora".

Los ojos penetrantes de Oscar vieron a dos coyotes en la distancia en la ladera de la montaña. Los coyotes de aspecto malhumorado estaban espiando el campamento, probablemente esperando una buena oportunidad para atacar a los padres de Jimmy. Ahora, en ese momento Oscar tenía mucha hambre y dos coyotes para la cena sería una comida muy sabrosa. Los escurridizos coyotes se movían cautelosamente por la montaña hacia el campamento. Oscar redujo su velocidad hasta detenerse y Jimmy saltó.

"Jimmy, espera aquí mientras yo me ocupo de estos dos coyotes que están a punto de atacar a tus padres en el campamento".

Oscar no tardó mucho en capturar y dejar a los dos coyotes y proporcionarse una buena comida para después. Oscar y Jimmy estaban felices de que los padres de Jimmy ya no fueran el objetivo de dos coyotes salvajes.

Ahora, de regreso a salvo en el campamento, Jimmy saltó de la espalda de Oscar y corrió hacia sus padres y les dio un gran abrazo. Todos estaban increíblemente felices. Jimmy presentó a Oscar a sus padres. Sus padres se sorprendieron un poco al conocer al enorme lobo, pero vieron que Jimmy no tenía miedo y estaba bastante a gusto con Oscar. Invitaron a Oscar a cenar con ellos.

Oscar, sin embargo, tuvo una enorme comida de dos coyotes esperándolo en la ladera de la montaña, por lo que cortésmente declinó la invitación.

"Muchas gracias por la invitación a cenar, pero debo regresar al bosque ahora. Espero verlos a todos el próximo verano, especialmente a Jimmy, mi nuevo amigo de por vida.

Y, por favor, recuerde que siempre que Jimmy esté conmigo, no sufrirá ningún daño", dijo Oscar. "Adiós y esté seguro en su viaje de regreso a la ciudad."

Este fue, definitivamente, un verano increíble—uno que Jimmy y Oscar siempre atesorarían.

El Fin

Printed in the United States
by Baker & Taylor Publisher Services